Valérie Larrondo — Claudine Desmarteau

MAMÁ
FUE PEQUEÑA ANTES DE SER MAYOR

Kókinos

¡Mira
qué foto!
Esta niñita
soy yo,
tu mamá.

Para Jeanne
Para Pía

Título original :
"Maman était petite avant d'être grande"
Editions du Seuil, Paris 1999
De esta edición: Editorial Kókinos.
1.ª edición: 2001
2.ª edición: 2004
3.ª edición: 2011
Traducción de Esther Rubio
Printed in Italy
ISBN: 978-84-88342-30-0

¿Sabes?
Cuando tenía
tu edad,
tu mamá
se comía siempre
toda la comida.

Y no
se metía
nunca
el dedo
en la nariz,
no, no.

Y,
por supuesto,
tu mamá
jamás
le tiraba de la cola
al perro.

Ni
jugaba
a los médicos
con el vecinito
del tercero.

Nunca
decía
palabrotas.

Tu mamá
se cepillaba los dientes,
decía buenas noches
antes de ir a la cama,
y se dormía pronto,
sin llamar a papá,
ni a mamá, sin
pedir agua, ni otro cuento,
sin tener dolor de tripa
o ganas de hacer pipí.

PIPÍ

AGUA

PAPÁ

MIEDO

OTRO CUENTO

CACA

Mamá no pintaba jamás

las paredes con rotulador.

Mamá
era una niña
muy educada,
sobre todo
con
las señoras mayores.

Hola Señora, perdone que le moleste señora, pero esque tiene usted una **VERRUGA** enorme con pelos, ahí.

Mamá
nunca
se pintaba la cara
con las pinturas
de su mamá.

Mamá era una niña muy tranquila.

Y nunca
dijo:
«Quiero
una Barbie.»

Mamá era muy cariñosa con su papá

y con su mamá. Con los dos igual.

Jamás fue insolente. De hecho, nunca respondía a sus padres.

Mamá siempre
estaba dispuesta
a leerle un cuento
a su hermanito
para
que se durmiese.

Mamá no tuvo celos de su hermanito,
y siempre lo trataba con cariño.

Mamá
trataba los juguetes
de los demás
igual
que los suyos.

No. Mamá no fue un monstruito.

Siempre
hay que creer
lo que cuenta
mamá.